세상에서 가장 긴 편지

김영숙 동시집

도서출판 지식나무

작가의 말

아이들의 눈으로 보고, 듣고, 느끼며 동시와 친해지려 애쓴 날들이 떠오릅니다. 사과 하나를 놓고 종일 쳐다본 적도 있고 의자를 들었다 놨다 밀었다 앉았다 사물을 두고 밀당도 많이 했습니다. 새벽부터 늦게까지 일하다 보니 창고, 매장, 박스마다 지렁이처럼 지나간 볼펜 흔적은 생생함이 깃든 동시 탄생에 밑거름이 되었습니다. 꾸준함이 녹아 이제 동시 꽃을 피웠습니다. 마냥 해맑게 웃던 아이들이 좋아 제가 동시를 쓰듯 이 동시집을 읽는 어른들도 아이들도 많이 웃고 동시랑 친해졌으면 좋겠습니다. 포도송이 같은 동심이 친구들 가슴에 무지개다리가 되었으면 합니다. 늘 응원하는 최고의 독자, 우리 남편과 아이들 고맙고 사랑합니다.

큰 무대 열어주신 출판사 김복환 발행인님과 여러 관계자분들께 감사의 마음 전합니다. 성큼 다가온 이 가을, 모든 분들께 건강과 행복이 함께하시기를 기원합니다.

2024년 가을에 김영숙

목차

작가의 말

1부 세상에서 가장 긴 편지

2부 돌탑

3부 태풍아

4부 공이 달린다

5부 신문 보는 고등어

1부

세상에서 가장 긴 편지

빨래집게

놀러 가자고
꼬드기는 바람

그러지 말라고

엄마 치마
꼭 붙잡고 있는
엄지와 검지

세상에서 가장 긴 편지

한 달 전에
오빠한테서
편지가 왔다.

부모님! 사랑합니다
2017년 2월 22일
이병 석영호 올림

달랑
세 줄인데
엄마는 아직도 읽고 있다

사진

택시 탔는데
신호 받을 때마다
엄지척하는
아이 사진을 보며
기사 아저씨가 웃었다.

–누구예요?
–우리 아들
보고 있으면 기운 나

아, 그래서
아빠 지갑에
내 사진이 웃고 있었구나!

예식장

벚꽃 환하게 밝힌
가로수길 사이로
팔짱 낀 한 쌍이 지나간다.

머리 위로
어깨 위로
하얀 꽃잎 날개 달린다.

앞으로 행진하는
걸음마다
꽃잎 폭죽 쏟아진다.

전봇대

키만 멀뚱한데
아침마다
눈길 사로잡는
전봇대

까
까
까

까치가 앉아
누군가에게 반가운 소식
슬쩍 귀띔하고 가면

콩닥콩닥
전봇대
가슴도 뛴다.

시험지

딩 동 댕 동
시험 시작

찌릿찌릿
우리 반 친구들이
시험지를 쏘아 본다

15분 후
영호 권이 준영이가
팔베개를 한다

다시 5분 후
송이 민지 빼고
다 잔다

대답 못 받은 시험지들
팔랑팔랑
바람이랑 논다.

번개모임

철퍼덕!

바닥에 떨어진
소프트아이스크림

–여기는 동산 놀이터 시소 앞
아이스크림 발견
모두 출동!

마실 나온
이장 개미의 무전에

까맣게
몰려드는
개미군단

풍경

달랑
금붕어 한 마리가
큰 법당을 지킨다

짤그랑
짤그랑

바람이랑 힘 합쳐
나쁜 기운 몰아낸다.

남자 친구

언제부턴가
네 한 마디에

맑았다
흐렸다

변덕쟁이 날씨가 되어버린
나

문구멍

뽁
뽁
문구멍이 늘어난다

살짝
보는 눈도 많아진다

솔솔
찬바람도 바빠진다.

생일 선물

할아버지는 내가 보물이래
엄마는 내가 기쁨이래
선생님은 내가 희망이래

오늘은
외할머니 생신

내가 가면
최고의 선물이겠지

주치의

꽃이 피고
숲이 울창하고
단풍이 들고
눈발이 날리고
얼음 꽁꽁 얼어도

부동자세로
고집 피우고 있던
코로나19

알록달록
작은 마스크 하나가
맞서 싸웠다.

놀이터

비가 그치자
놀이터에
빗방울이 모였다

그네에 걸터앉은 방울
철봉에 매달린 방울
시소 타는 방울

아슬아슬하게
보이지만
지칠 줄 모른다.

빗방울들은
이제
알았다

아이들이
왜 그렇게
놀이터를 좋아하는지

막둥이

할아버지가
쓱쓱

할머니도
쓱쓱

-어이 시원하네

시골 안방 머리맡에 걸려
두 분 곁을 지키는
효자손

구멍

다리 다친 아빠 대신
내가
청소기를 돌려

큰오빠는 새벽마다
엄마 가게 태워주고
주말마다 일도 도와줘

엄마는
아빠 몫까지
곱빼기로 일하지만

세 사람이 채워도
뻥 뚫린
아빠 구멍 막지 못한다.

동생

크레파스 빌려줬더니
반토막 내고

핸드폰 빌려줬더니
30분 넘게 게임하고

팔 아프다기에
가방 들어주고

동생만 아니면
꿀밤 몇 대 먹였을 거다

–형아, 아이스크림 먹어

녹을까 봐 들고 뛴
아이스크림 한입에
꿀밤 다 녹았다

2부

돌탑

돌탑

운수사 가는 길에
높게 쌓인
돌탑

돌멩이 하나
슬쩍 올렸다

엄마는
까치발 들고
한참을 끙끙

맨 꼭대기에 앉은
작은 돌멩이
어깨가 무겁겠다.

아빠 옆에

늦잠 자고
아침밥 먹는 둥 마는 둥
가방 메고 뛸 때면
숙아 넘어질라

수아랑 싸워 다리에 든 퍼런 멍 쳐다보며
눈물 닦고 있을 때
숙아 많이 아프지?

100점 받은 시험지
손에 펄럭이며
우리 집 마루 앞에 섰을 때
우리 숙이 100점 먹었네?

언제나 웃어주는
아빠 사진 옆에
내 시험지
딱 붙여요

아직 쓸 만해

나는
한쪽 다리가 짧은
낡은 나무 의자

생선 상자 과일 상자
채소 상자 얼음 상자
다 앉히고

나처럼
다리가 불편한 사람들의
쉼터가 돼주지

삐걱거리긴 해도
아직은 쓸 만해

장미

내가 홍의장군이다
나도 홍의장군이다

검붉은 장미들
한목소리로 무리 지어
담을 넘는다

날카로운 가시 쓰지 않고도
짙은 향 내뿜지 않고도
붉은 갑옷 입었을 뿐인데

사람들 눈길
사람들 발길
그대로 묶어 놓았다

돌감

나는
산에서 살아
몸집도 작고 씨도 많고
떫은맛이 강해

약에라도 쓰이는
돌배가
참 부러워

어, 돌감 좀 봐?
길 가던
아주머니가 소리쳤다.

–내가
너
맛난 감식초 만들어 줄게

조랑조랑
돌감들
어깨 펴고 가지 흔든다.

휴대용 선풍기

딸이 사 줬다
아들이 사 줬다
손자가 사 줬다

정자나무 아래 모인
할머니들 목에서
작은 선풍기가 돌아요

시원한 바람만큼
할머니들 웃음도
뱅글뱅글 돌아요

벚꽃

봄 여름 가을 겨울 보내며 받은
아픈 기억들

이듬해
봄날

까만 딱지 대신
하얀 꽃으로 피었습니다.

착한 동네

착한 사람은 죽으면
하늘에 별이 된대

총
총
총
총

그래서
밤하늘이 아름다운 거구나

독채

너무 좁아
화분 갈이 해 주면 좋겠어

선인장 가족들은
매일
투덜거렸죠

저 선인장들 참 답답하겠네

사람들 말에
컵라면 용기 속으로
하나씩 독립시켰어요

이사한 집
창가에 앉아
모처럼 달콤한 햇빛 마셔요

보름달

추석 한 달 전
달은
전국 지도를 보며
고민 중이다

바다에서 올라올까?
산골에서 내려올까?

아니다

해남시장 노점에서 감자 파는 할머니
허리 안 아프게 해 달라고
밤마다 고사리손 비비는
석이 집부터 가야겠다.

고라니 모델

하늘공원이 보이는 산책로 오르막길
웅성웅성
찰칵찰칵

고라니 두 마리가
태연하게
나뭇잎을 뜯고 있다

딩동
딩동

핸드폰에 담긴
고라니 둘
전국으로 달려간다.

새싹

여기요
나 좀 꺼내주세요

보슬보슬

봄비가
손 내밀어 줍니다.

그림자

겨우
동시 한 줄 써 놓고

검지 손가락만
딱
딱
딱

손가락 그림자도 따라서
딱
딱
딱

생각 중이다.

하루살이

새싹 돋는 것도 보고 싶고
매미 노래도 듣고 싶고
모과 향에 빠지고도 싶고
눈싸움도 실컷 하고 싶은데

난 하루살이라
약속도
기다릴 수도 없어

나는
오늘이 가장 소중해

갯벌 식당

썰물 드니
갯벌에
괭이갈매기 한 마리 두 마리 날아든다.

칠게 망둑어 새우 조개
골라 먹는 재미에
푹 빠졌다

어느새
꽉 찬
갯벌 식당

콕 콕 콕
이 가을
괭이갈매기들의 수다가 길어진다.

3부

태풍아

촛불

우는 거 아니고
녹는 것도 아니고

굳어진 욕심 주머니
하나씩 내려놓는 거야

번개

건우랑 나랑

쾅

박치기하면

뭔가 번쩍하지?

비 오기 전

따뜻한 구름이랑 찬 구름이

쾅

부딪히면 번쩍 하거든

그게

번개야

할머니 마음

해가 질 때
시골집 도착하니

마당 의자에 기댄 채
지팡이를 톡톡거리는
할머니

엄마 뭐 해요?
너 기다렸지

다음 날
외할머니는
짐 챙기는 엄마 보고

내일 가면 안 될까?

엄마는
어제도 오늘도
외할머니를 꼭 안아 줍니다.

태풍아

긴 가뭄
지독한 더위에
사람들이 하는 말

태풍아
제발 지나가거라
더위 데리고 얼른 가거라

그 무섭다는
태풍을
처음으로 기다리고 있다

파도

영호랑 싸운 일
바다한테
털어놓았더니

파도가
냉큼 받아먹었지

쏴아

영호랑
얼른
화해하란다

강낭콩

비도 같이 맞고
햇볕 같이 쬐며
한 꼬투리에 살아

세쌍둥이
네쌍둥이
다섯쌍둥이도 있어

싸워서 튕겨 나가지도
삐져서 돌아앉지도 못해

우리 집은
방이 하나뿐이거든

딱 한 입만

사과 상자 옆에 놓인
흠집 난
사과 세 개

참새
까치
직박구리가
사과 주위를 돌고 있어

딱, 한 입만 먹고 싶어

온종일
새들 마음을
흔들고 있다

차 타기 싫어

트럭에 탄
소들
발바닥에 힘주고 서 있다

무서워도
멀미 나도
눈만 껌뻑껌뻑

도착할 때까지
온몸으로
정지 버튼 누르고 있다

짬뽕 한 그릇

배고파서 시킨
짬뽕 한 그릇

벌건 국물에
채소와 홍합만 둥둥

해산물은
바다에서 놀고 있을까?

짬뽕 속
입 벌린 홍합

아까부터
나만 쳐다보고 있다

새치

찰랑이는
머릿결 사이로
쭈뼛
한 놈이 웃고 있다

엉터리 한의사

아주 가려운
침을 가진
의사랍니다

따끔
따끔

도대체
침을 얼마나 가졌는지
알 수가 없습니다.

묻지도 않고
앵앵거리며
밤새도록 침을 놓고 다닙니다.

다리미

내가 떴다하면
구겨진 옷들은
긴장하지

쓱 지나갔을 뿐인데
새 옷처럼
매끈한 길이 생기니까

관심

다들 세상이 변했다고 하지만

그림 잘 그려도
노래 잘 불러도
피아노 잘 쳐도

엄마 친구들이 보는 건
성적표다

훈장

콩나물은 꼿꼿한데
자꾸만 굽어지는
엄마 허리

뽑아 담고
뽑아 담고
콩나물과 같이 자란 세월

엄마는
훈장으로
꼬부랑 허리만 남았다.

4부

공이 달린다

신입생

이른 아침부터
화장하고 옷 고르는
할머니 따라 바빠진 거울

학교 갈 시간 멀었는데
조금 더 자도 되는데
혼자 바쁜 할머니

오늘
초등학교 이름표 처음 다는
일흔다섯 서판숙 학생

고등어

냉동실에 갇혀
꽁꽁 얼어봤니?

무더위에
얼음 뒤집어쓰고 녹아봤니?

판매대에 누워
누군가를 기다려봤니?

내가
바닷속에서 나온 순간
내 맘대로 되는 건 하나도 없어

보약

동네 사람들이
동재 아재 보고
주정뱅이래

동재 아재는
힘들 때 마시면
노래 나오는 마이크래

아저씨 주머니 속
초록색 병 하나

약일까?
독일까?

!

똑똑
떨어지는
물방울

뚝뚝
떨구는
눈물

모두 나랑 닮았지

참 혁이는
나를 야구방망이라 불러

내가 누구냐고?

나는
사람들 마음속에 사는
따뜻한 느낌표야

치매

깜빡
깜빡

기억 속
사진들이
형광등이 됩니다.

구급차

천천히 간다고
빵빵거리던
자동차

안전거리 무시하고
달려오던
트럭

삐용 삐용
다급한
목소리에

옆으로 길게
길을
만들어 준다.

아픈 사람 앞에선
모두
같은 마음이 됩니다.

장대비

바람은
아침 일찍
출장 갔어요

해는
몸살 걸려
하루 쉰대요

두두두두

아주
긴 빗자루가
쓸고 가네요

오늘은
뿌연 세상
청소하는 날

무법자

화단에 날아든
꿀벌이
허락도 없이

여기도 쪽
저기도 쪽

코로나19도
꿀벌에겐
덤비지 못합니다.

담쟁이 학생

어제 내린 단비
꿀꺽꿀꺽
받아먹고

아침부터
영차영차
응원가를 외친다

시멘트벽에 딱 붙어서
위로 치고 올라간다

생각도 빠르고
행동도 빠른

보기 드문
학생이다

봄동

겨울 끝에서
매서운 바람 뚫고
초록 원피스
제일 먼저 입은
봄나물

해

이른 아침
꼬부랑 고개 넘어
해가 출근합니다

휴일도 없이
발그레한 얼굴로
온 세상을 비춥니다

월급 한 푼 안 받고
결근하지 않는
자원봉사자입니다.

그림자

나무 지게가
주인 기다리며
다리 뻗고 앉아 있다

나무를 지고
쌀 포대를 지고
고구마 포대를 지고

한숨도 지고
걱정도 지고
희망도 한 짐 지고

함께 걸어온 길 되새기며
먼 길 떠난
아버지 그림자가 앉아 있다

장마

한동안
물풍선 터뜨리더니
휴가 다녀온
해가
눈에
레이저를 달고 나타났다

걱정 없어

길옆 풀 속에
동글동글
열매 맺더니

앉은 자리에서
쭉
늙어간다.

둥글게
노랗게
누렇게

집값 올라도
끄떡없는
호박들

공이 달린다

공이
운동장 골대 앞에 서서
쉬는 시간만 기다린다.

종이 울리자
온몸이
후들거리기 시작한다.

아이들이
폭포처럼 쏟아져 나오자
배가 빵빵해진다.

앞으로 옆으로
달리는 공에
엄청난 눈이 따라붙는다.

겨울

시냇물은 추워서
얼음 속에 숨었어요

나무는 추워서
하얀 눈 덮어썼어요

해도 추운지
종일 구름 뒤에 숨어요

아이들도 이불 속에서
꿈틀꿈틀

지각할지 몰라요

5부

신문 보는 고등어

신문 보는 고등어

고등어 두 마리
후라이팬에 오르자
신문을 살짝 올려줬다.

또도독
지글지글
칙

재미난 기사가 났는지
신문 읽는
소리가 요란하다.

현관 밖에
고양이 한 마리
귀가 쫑긋해진다.

생일 선물

엄마 생일날
언니는
미역국에 조기구이가 선물이래요

나는
문방구에서 산
반짝이 머리핀을 꽂아줬어요

아빠는
거실 앞 목련나무 가지에 걸린
둥근 달이 선물이래요

우리 집
보름달은
엄마라면서

하늘 방앗간

겨울밤
하늘 방앗간은 바빴겠다.

펄펄
하얀 눈가루 뽑아내느라

포장 안 된
하얀 꽃가루 밤새 뿌리느라

포도

너 한 송이
나도 한 송이

너 한 알
나도 한 알

주거니 받거니

우리는
포도에 취한다.

목욕하는 날

비 오면
옥상 빨랫줄 쉬는 날

집게들도
다 같이

시원하게
목욕하는 날

심사

벚꽃나무 허리를 잡고
매미 한 마리
맴 맴 맴

또 한 마리
날아오더니
목청을 더 길게 뺍니다

통통한 녀석 세 마리
한꺼번에 앉더니
온 동네를 흔듭니다

옆에 앉은 느티나무는
노래 심사가
점점 어려워집니다.

누가 더 강할까

태풍이
밤새
전국을 때리고 지나갔다

끝까지
못 데리고 간 건

뿌연 황사뿐이다.

호박

나도 한때
팔팔한 기운 자랑하며
울타리 오르던 시절 있었지

그때는
내가 잘났다고 뽐내며
모든 길을 막았지

나이 드니
풍선 같은 욕심 주머니
내려놓게 되더라

땅바닥에 앉아
속 비우며
여물게 익어갔단다

하회탈

안동 하회 마을에는
늘 웃고 있는
얼굴이 있어

짜증 내는 얼굴
화 난 얼굴
슬픈 얼굴에

살짝
씌우면
환하게 웃어

특히
요즘 사람들에게
꼭 씌워 주고 싶어

별

엄마 왜 울어?
엄마 선생님이 돌아가셨어

그럼 울지 말고
밤마다 하늘 봐

우리 선생님이 그러는데

제일 반짝이는 별이
가장 보고 싶은 사람이래

비는 둥글다

쫙쫙
소나기 지나간
내 시험지

울상이 된
내 얼굴

엄마는
빨랫줄에 대롱거리는
빗방울 가리키며

잘 봐
비는
동그라미야

별똥별

얼마나
간절한 기도 들었길래
수많은 별친구 두고
그 짧은 순간
땅으로 날아들까?

카네이션

아침에
문방구에서
카네이션 한 송이 샀습니다

부모님 가슴에
오늘 피어 있을 꽃
내 손에서 맴돌고 있습니다

감사하다는 말
사랑한다는 말
꾹꾹 눌러 담아
바람에 날려 보냅니다

고소한 사람 되어
맛있는 글 쓰고 있다고
꼭 전해 줬으면 좋겠습니다.

담쟁이

앞만 보고 기어오릅니다

같이 놀자고
호박이 불러도
수세미가 불러도

못 들은 척
담장만 타고 오릅니다.

찬 바람 부는 겨울
아무도 불러주지 않습니다

차가운 담벼락에
뼈만 앙상하게 남았습니다

친구도 잃고
세상 구경도 놓치고
눈물조차 말라 버렸습니다.

감자

조랑조랑
딸려 나오는
감자들

땅속에서
웃고만 살았는지

모난 녀석이
하나도 없습니다.

쉼표

농사짓고
고기 잡고

집보다

밭에서
바다에서

일만 하던
아버지

지금은
무덤 속에서
쉬는 중입니다

세탁소 사장님

하늘이는 커서 뭐 될 거야?
세탁소 사장님
왜?

옷도 쫙 다리고
얼룩도 지우고
작은 호주머니도 달 수 있잖아

그러면서
속상했던 마음도
시원하게 펼 수 있잖아요

누나 노릇

동생이 싸우면 말려야지?
내가 누난데

그러니까 타일러야지?
동생이 맞고 있는데 참아?

혼내려던 호랑이 눈썹
하하하
반달눈썹 되었다

고맙습니다

아파트 입구에
우뚝 선
민들레 한 송이

아이들이 비켜 가고
자전거가 비켜 가고
차들도 아슬아슬 비켜 간다.

동시 먹는 달팽이 23호

아름다운 동시 교실에서 맛있게 먹은 동시 (하빈 달팽이의 감상)

김영숙의 (신문 보는 고등어)를 읽는 순간 아내가 고등어를 굽는 장면이 떠오른다.
고등어는 먹고 싶은데 냄새 때문에 투덜대며 고등어를 굽는다.
필요 행동 2가지 첫째, 연기나 냄새 빨아들이는 팬 가동
둘째, 프라이팬 위에 신문 덮기
작가는 고등어 구울 때 냄새가 빠져나오지 못하게 우리 집처럼 신문지를 덮었을 것이다. 그런데 어느날 덮어준 신문에서 그 분을 접했다. 기사로 채워진 신문, 그래 그거야, 고등어가 신문을 읽는 것이다.
작가는 냄새와 신문지의 인과관계는 한 마디도 하지 않고 신문을 살짝 올려줬다 라고 말한다.
우리의 편의를 위해 한 행동이 아니고 고등어를 위해 한 행동으로 능치고 있다.
살이 터지고 껍질이 오그라드는 고등어 소리를 재미난 기사 읽

는 소리로 환치 시켜 놓았다.
그 소리에 환희가 용솟음치는 이가 또 있었으니 현관 밖 양이님 그 애는 얼마나 맛있는 소리였을까?
김영숙 작가의 안테나는 그 분을 접했는데, 내 안테나는 불량이었나 보다.

고등어 두 마리 / 후라이팬에 오르자 / 신문을 살짝 올려줬다 / 또로록 / 지글지글 / 칙 //재미난 기사가 났는지 / 신문 읽는 소리가 요란하다 // 대문 밖에 / 고양이 한 마리 / 귀가 쫑긋해진다

–김영숙 「신문 보는 고등어」 전문

세상에서 가장 긴 편지

초판발행 2024년 11월 10일
지은이 **김영숙**
펴낸이 김복환
펴낸곳 도서출판 지식나무
등록번호 제 301-2014-078호
주소 서울시 중구 수표로 12길 24
전화 02-2264-2305
이메일 booksesang@hanmail.net

ISBN 979-11-87170-81-5
값 12,000 원

이 책은 한국예술인복지재단 후원을 받아 제작되었습니다.